AF311953

LETTRES

DE M. LE CHEVALIER

DE BOUFFLERS,

PENDANT SON VOYAGE

EN SUISSE,

A MADAME SA MERE.

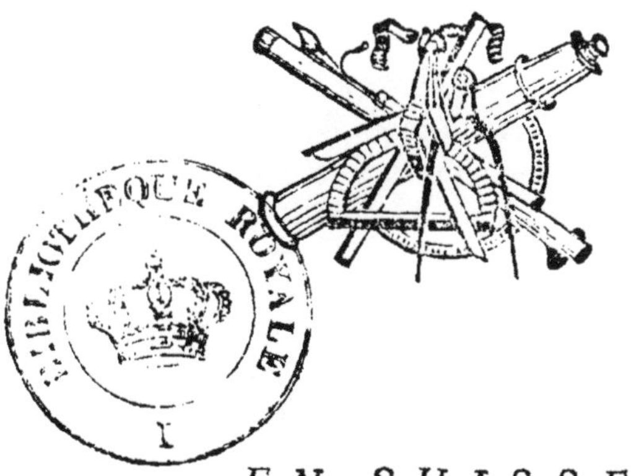

EN SUISSE.

M. DCC. LXXII.

LETTRES

DE M. LE CHEVALIER

DE BOUFFLERS,

PENDANT SON VOYAGE

EN SUISSE,

A MADAME SA MERE.

LETTRE PREMIERE.

Du 4 Octobre.

LE mauvais tems & les bonnes façons nous ont retenus deux jours à Bruyéres. Nous voici à Colmar d'où nous partons, faute d'y trouver Madame du Comte, qui fait actuellement ses Vendanges. Nous avons voulu nous donner pour peintres, mais mon habit bleu a donné des soupçons à beaucoup d'officiers du régiment de Penthièvre avec qui j'ai soupé à table d'hôte ; au reste, je m'y suis fort amusé. J'y ai trouvé un autre S. Robert qui m'a fait des recits de guerre aussi ornés que ceux de Donnerau :

par exemple : « J'ai vu, mordieu, la cavalerie
du Roi qui battoit les ennemis du Roi, par-tout
où ils fe montraient, mordieu, à Guaftalla,
leur front nous dépaffoit, & par un à droite &
un à gauche, nous les avons envelopés fans tant
de manœuvres, mordieu, & nous fommes en-
trés dedans comme dans du beurre. Ils avoient
ce jour-là du canon, mordieu, & ils nous en
fouettoient tout au travers du nez ; c'étoient
des boulets, comme à l'ordinaire, qui étoient
fuivis de quatre petites balles, groffes comme
des œufs, mordieu, & qui faifoient un r r r ra
ravage épouvantable, facred. . . . . .

Mefdames de Cumbis & de Cucé qui ont une
jolie voix, pourront mettre ces paroles fur l'air,
mais le vifage de l'auteur manquera toujours.
Je ferai demain matin à Bafle, d'où je vous
écrirai. Adreffez-moi vos lettres, fi vous m'écri-
vez, à Geneve chez Monfieur DE VOLTAIRE,
fous le nom de Charles, en le faifant prier de
me les garder jufqu'à mon paffage. J'ai pris le
parti de réformer mon cocher & mon poftillon,
& deux chevaux, dont l'un nommé vulgaire-
ment la grife, fera vendu à quelque prix que ce
foit ; & l'autre apellé par mes gens, le grand
entier, & par moi l'Evêque de Toul, fera
donné pour quinze louis. Je vous prierai de

vouloir bien charger l'abbé Porquet de cette
exécution-là, qu'il veuille bien écrire à M. Rol-
lin pour avoir l'argent nécessaire, & qu'il dise
à mon piqueur de faire hacher de la paille pour
ceux qui resteront , & sur-tout pour le grand
maigre surnommé la lanterne , à cause de sa
transparance , & que le susdit abbé Porquet
soit toujours bien persuadé qu'il n'a jamais eu
d'élève aussi soumis que moi. Adieu , ma très-
belle Maman, je me réjouis de parler de vous
à M. DE VOLTAIRE, & de lui dire tout ce
que j'en pense ; car je parie, qu'il n'avoit pas
assez d'esprit pour sentir tout votre mérite. Il
faut que l'habit du cocher reste , & qu'on l'en
dédommage par une petite gratification, prise
sur la vente du premier cheval ; pour celui du
postillon, comme il est en hoques ! il peut partir.

L E T T R E I I.

Du 9 Octobre.

ME voici chez le chevalier de Beauteville,
qui m'a reçu comme un Suisse, qui descendroit
du ciel à cheval sur un rayon. Il est en vérité
charmant. Je suis arrivé au moment de son
entrée & des députations des treize Cantons
qui viennent le reconnoître. Il va y avoir une

diette pour différentes affaires dont le fuccès eft très - intertain. Les dénouements prévus ôtent de l'intérêt. La ville de Soleure devient le rendez-vous de toute la Suiffe. Les femmes y font charmantes ; je ferois même tenté de les croire coquettes fi les femmes pouvoient l'être.

Ce peuple-ci me repréfente les anciens Gaulois ; il en a la ftature, la force, le courage, la fierté, la douceur & la liberté. Il n'y a pas plus d'hommes à proportion, qu'en Lorraine. Le pays, en lui - même, eft moins bon ,.mais la terre y eft cultivée par des mains libres. Les hommes fément pour eux, & ne recueillent pas pour d'autres ; les chevaux ne voient pas les quatre cinquièmes de leur avoine mangés par les rois. Les rois n'en font pas plus gras, & les chevaux ici, le font bien davantage. Les payfans font grands & forts, les payfannes font fortes & belles. Je remarque que par-tout où il y a de grands hommes, il y a de belles femmes, foit que les climats les produifent, foit qu'elles viennent les chercher, ce qui ne feroit pas décent. Cette nation-ci ne s'amufe guère, mais elle jouit beaucoup. On y eft fort laborieux, parce que le travail eft un plaifir, pour qui eft fûr d'en retirer le fruit. Il y a autant de plaifir de labourer qu'à moiffonner. Les lois des Suiffes

font auſtères : mais ils ont le plaiſir de les faire
eux-mêmes, & celui qu'on pend pour y avoir
manqué, a le plaiſir de ſe voir obéir par le
bourreau.

Adieu, Madame, je me porte bien, je ſuis
enchanté de M. Belpré, c'était un garde du roi
Staniſlas qui ſe mêle de peinture, & qui rem-
porta 50 louis d'or de Geneve. L'ambaſſadeur
le traite à merveille. Faites ſouvenir le roi, que
dans le pays le plus libre il a à cette heure le
plus fidèle de ſes ſujets ; & vous, chantez de
ma part : *Aimez-moi comme je vous aime.*

LETTRE III.

Du 26 Octobre.

ME voici dans le charmant pays de Vaud ;
je ſuis au bord du lac de Geneve, bordé d'un
côté par les montagnes du Valais & de Savoye ;
& de l'autre, par de ſuperbes vignobles, dont
on fait à cette heure la vendange. Les raiſins
ſont énormes & excellens, ils croiſſent depuis
le bord du lac juſqu'au ſommet du Mont-Jura ;
enſorte que d'un même coup-d'œil, je vois les
vendangeurs les pieds dans l'eau, & d'autres,
juchés ſur des rochers à perte de vue. C'eſt une
belle choſe que le lac de Geneve. Il ſemble

que l'Océan ait voulu donner à la Suiffe fon portrait en mignature. Imaginez une jatte de quarante lieues de tour, remplie de l'eau la plus claire que vous ayez jamais bue, qui baigne d'un côté les châtaigniers de la Savoye, & de l'autre les raifins du pays de Vaud. Du côté de la Savoye, la nature étale toutes fes horreurs, & de l'autre, toutes fes beautés. Le Mont-Jura eft couvert de villes & de villages, dont la vigne couvre les toits, & dont le lac mouille les murs. Enfin, tout ce que je vois, me caufe une furprife qui dure encore pour les gens du pays. Mais, ce qu'il y a de plus intéreffant, c'eft la fimplicité des mœurs de la ville de Vevay. On ne m'y connoît que comme peintre, & j'y fuis traité par-tout comme à Nancy. Je vais dans toutes les fociétés; je fuis écouté & admiré de beaucoup de gens qui ont plus de fens que moi, & j'y reçois des politeffes que j'aurois tout au plus à attendre de la Lorraine. L'âge d'or dure encore pour ces gens-là. Ce n'eft pas la peine d'être grand Seigneur pour fe préfenter chez eux, il fuffit d'être homme; l'humanité eft, pour ce bon peuple-ci, tout ce que la parenté feroit pour un autre.

Il vient de m'arriver une avanture, qui tiendroit fa place dans le meilleur roman. J'ai été chez une femme qu'on m'avoit indiquée, pour

lui

lui demander de vouloir bien me procurer de l'ouvrage. Son mari l'a engagée, quoique vieille, à se faire peindre. J'ai parfaitement réussi. Pendant le tems du portrait j'ai toujours mangé chez elle; & elle m'a fort bien traité. Ce matin quand j'ai donné les derniers coups à l'ouvrage, le mari m'a dit : Monsieur, voilà un portrait parfait; il ne me reste plus qu'à vous satisfaire, & à vous demander votre prix.

Je lui ai dit, Monsieur, on ne se juge jamais bien soi-même ; le grand mérite se voit en petit, & le petit se voit en grand ; personne ne s'apprécie, & il est plus raisonnable de se laisser juger par les autres ; nos yeux ne nous sont pas donnés pour nous regarder.

Monsieur, m'a-t-il dit, votre façon de parler m'embarrasse autant que la bonté de votre portrait ; je trouve que, quelque chose que vous me demandiez, vous ne sauriez me demander trop.

Et moi, Monsieur, quelque peu que vous me donniez, je ne trouverai point que ce soit trop peu ; je vous prie de n'avoir de ce côté-là aucune honte, & de compter pour beaucoup les bons traitemens que j'ai reçus de vous, dont je suis plus content que je ne le serai de quelque argent que je reçoive.

B

Monfieur, je vous devez au-delà des politeffes que je vous ai faites, mais je vous dois
encore infiniment pour le plaifir que vous m'a-
vez fait.

Monfieur, fi javois l'honneur d'être plus
connu de vous, je hafarderois de vous en faire
préfent, & ce n'eft que pour vous obéir pue je
recevrai le prix que vous voudrez bien y mettre; mais conformez-vous, s'il vous plaît, aux
circonftances du pays qui n'eft pas riche, & du
peintre, qui eft plus reconnoiffant qu'intéreffé.

Monfieur, puifque vous ne voulez rien dire,
je vais hafarder d'acquiter en partie ce que je
vous dois.

A l'inftant le pauvre homme va à fon bureau
& rivient, la main pleine d'argent, me difant,
Monfieur, c'eft en tâtonant que je cherche à
fatisfaire ma dette, & en même-tems il me re-
mit trente-fix livres.

Monfieur, lui dis-je, fouffrez que je vous
repréfente, que c'eft trop pour un ouvrage de
cinq heures au plus, fait en auffi bonne compagnie que la vôtre; permettez que je vous en
remette les deux tiers, & qu'en échange je
donne à Madame votre portrait en pur don.

Le pauvre homme & la pauvre femme tom-
bèrent des nues, j'ai ajouté beaucoup de chofes

honnêtes, & je m'en fuis allé emportant leurs bénédictions, & leurs 12 liv. que je leur rendrai à mon départ.

Il y a pourtant ici quelqu'un qui me connoit, c'eft Monfieur de Courvoifier, Colonel-Commandant du régiment d'Anhalt, qui étoit à Metz fous les ordres de mon frère, & qui m'y a vu. Quand j'ai fû qu'il étoit ici, j'ai été le chercher, & il m'a donné fa parole d'honneur du fecret; & il le garde même dans fa famille.

Il a un vieux père & une vieille mère de cette ancienne pâte dont on a perdu la compofition. Il a deux fœurs, dont l'une a 40 ans, & l'autre 20. La cadette eft belle comme un ange. Je la peins à cette heure, & elle n'eft occupée qu'à chercher des pratiques pour me faire gagner de l'argent.

Nous allons, Monfieur Belpré & moi, dans toutes les affemblées fous le même nom, & nous voyons plus d'honnêtes gens dans une ville de trois mille habitans, qu'on n'en trouveroit dans toutes les villes des provinces de la France. Sur trente ou quarante jeunes filles ou femmes, il ne s'en trouve pas quatre de laides, & pas une de catin. Oh le bon & le mauvais pays !

Adieu, Madame, voilà une affez longue

lettre. Si j'y ajoutois ce que j'ai toujours à vous
dire de mon adoration pour vous, vous mour-
riez d'ennui. Mettez - moi aux pieds du roi,
contez-lui mes folies, & annoncez-lui une de
mes lettres où je voudrois bien lui manquer de
respect, afin de ne le pas ennuyer. Les princes
ont plus besoin d'être divertis qu'adorés. Il n'y
a que Dieu qui ait un assez grand fond de gaieté,
pour ne pas s'ennuyer de tous les hommages
qu'on lui rend.

LETTRE IV.

OH, pour le coup, me voilà dans les Alpes
jusqu'au cou. Il y a des endroits ici, où un
enrhumé peut cracher à son choix dans l'O-
céan, ou dans la Méditerranée. Où est Pam-
pan ? C'est ici, qu'il feroit beau le voir grossir
les deux mers de sa pituite, au lieu d'en inon-
der votre chambre. Où est l'abbé Porquet? que
je le place, lui & sa perruque, sur le sommet
chauve des Alpes, & que sa calotte devienne
pour la premiere fois le point le plus élevé de
la terre.

Pardonnez - moi mon transport, Madame;
les grandes choses amenent les grandes idées,
& les grandes idées, les grands mots. J'ai resté

long-tems à Vevay. C'eſt une ville charmante, où il y a une compagnie très-agréable. Malgré tout ce que j'avois entendu dire de la ſageſſe & même de l'auſtérité des mœurs de ce pays-là, j'ai vu que *La Fontaine* avoit raiſon de dire, que la femme eſt toujours femme. Non-ſeulement la femme y eſt femme, mais elle y eſt belle.

Je ſuis à cette heure dans le Valais, frontière de l'Italie. C'eſt le pays le plus indépendant de toute la Suiſſe. C'eſt le ſeul où toutes les femmes aient conſtamment conſervé leur ancien habillement. Ce ſont de petits corſets aſſez bien faits, des mouchoirs croiſés aſſez ſingulièrement, de petits béguins de dentelle, & de petits chapeaux par-deſſus avec des nœuds de ruban. Je ſuis occupé d'avoir des vulneraires de ce pays-ci pour le roi; ils ſont infiniment ſupérieurs à ceux du reſte de la Suiſſe. J'ai dîné & ſoupé avec le grand & célèbre HALLER. Nous avons eu pendant & après le repas une converſation de cinq heures de ſuite, en préſence de dix à douze perſonnes du pays, qui étoient très-étonnées d'entendre raiſonner un Français; mais, malgré l'attention & l'applaudiſſement de tout le monde, j'ai vu, que pour parvenir à une certaine ſupériorité, les livres valent mieux que les chevaux.

Dans peu de jours je verrai VOLTAIRE, dont HALLER n'eſt point aſſez jaloux, & par échelons, après avoir été d'HALLER à VOLTAIRE, j'irai DE VOLTAIRE à vous. Mettez-moi toujours aux pieds du roi, & dites-lui que la vue des peuples libres ne me portera jamais à la révolté.

Adieu, Maman, je vous aime par-tout où je ſuis, & par-tout où vous êtes.

L E T T R E   V.

Du 10 Décembre.

IL faut, ou que vous n'aiez pas reçu mes lettres, par la négligence de mon palefrenier qui a oublié de les affranchir, ou que vous vous ſouciez bien peu du ſang de votre ſang, de la chair de votre chair, des os de vos os.

Je ſuis ici dans l'iſle de Circé, ſans être ni auſſi fin, ni auſſi brave, ni auſſi ſage, ni auſſi cochon qu'Uliſſe & ſes compagnons. Lauſanne eſt connue dans toute l'Europe par ſes bons paſtels (*) & la bonne compagnie. Je vis dans

---

(*) C'eſt M. STOUPAN qui les a perfectionnés; c'eſt à lui à qui on peut s'adreſſer pour en être pourvu, ou à Mrs. FRANÇOIS GRASSET, Libraires & Imprimeurs dans ladite Ville. L'Imprimerie & la Librairie y fleurit.

une société que VOLTAIRE a pris plaisir de
former, & je cause un moment avec les éco-
liers, avant d'aller écouter le maître. Il n'y a
pas de jour, où je ne reçoive des vers, & où
je n'en rende; pas un où je ne fasse un portrait
& une connoissance ; pas un où je ne prenne
une tasse de chocolat le matin, suivie de trois
gros repas ; enfin je m'amuse au point de vous
souhaiter à ma place.

Voici quelques-uns de mes impromptus.

Une fois j'envoyai à une Dame *de Gentil* un
portrait du Diable, avec des cornes & une
queue ; elle me demanda à quel propos ?

Ce n'est pas sans raison Marquise trop aimable,
Que j'envoyai chez vous le Diable & son portrait;
Je ne sais s'il vous tenteroit ;
Mais vous tenteriez le Diable.

Une autrefois deux autres femmes revenoient
du prêche, & me demandoient ce que j'avois
fait pendant ce tems-là ;

Ce matin comme de vrais anges,
Vous étiez toutes au saint lieu :
Et moi je chantais vos louanges,
Quand vous chantiez celles de Dieu.

On y imprime actuellement, dans la maison des Libraires
que l'on vient de nommer, une Collection absolument
complete, de toutes les Œuvres de M. DE VOLTAIRE,
in-8°. petit format, par souscription, dont 18 Volumes
ont déjà paru.

Je vais après demain à Ferney où VOLTAIRE
m'attend. Il m'a écrit une lettre charmante. Je
me réjouis de vous parler de lui. Vous avez
mieux prix votre tems que moi pour le voir ;
mais on boit le vin de Tockai jusqu'à la lie.
Sur-tout, assurez bien le roi, que je ne revien-
drai point Déiste.

Adieu, Maman, je vous aime comme on
admire le roi dans ma romance pour la fête.

J'oublie de vous dire quatre bouts rimés que
j'ai remplis dans l'ordre suivant.

> Quand je n'aurois ni bras ni jambe,
> J'affronterois pour vous la balle ou le boulet:
> Ranimé par vos yeux je me croirois ingambe,
> Et je pourrois encor mériter un soufflet.

Adieu, encore une fois, je vous écrirai de
Ferney des choses plus intéressantes.

LETTRE VI.

ENFIN, me voici chez le roi de Garbe ; car,
jusqu'à présent, j'ai voyagé comme la fiancée.
Ce n'est qu'en le voyant, que je me suis repro-
ché le tems que j'ai passé sans le voir. Il m'a
reçu comme votre fils, & il m'a fait une partie
des amitiés qu'il voudroit vous faire. Il se sou-
vient

vient de vous, comme s'il venoit de vous voir, & il vous aime, comme s'il vous voyoit. Vous ne pouvez point vous faire d'idée de la dépenfe & du bien qu'il fait. Il eſt le roi & le père du pays qu'il habite ; il fait le bonheur de ce qui l'entoure, & il eſt auſſi bon père de famille que bon poëte. Si on le partageait en deux, & que je viſſe d'un côté l'homme que j'ai lu , & de l'autre, celui que j'entens , je ne ſais auquel je courrois. Ses Imprimeurs auront beau faire, il fera toujeurs la meilleure édition de ſes livres.

Il y a ici Madame *Denis*, & Madame *Dupuis* née *Corneille*. Toutes deux me paraiſſent aimer leur oncle. La première eſt bonne de la bonté qu'on aime; la ſeconde eſt remarquable par ſes grands yeux noirs & un teint brun ; elle me parait tenir plus de la corneille que du *Corneille*.

Au reſte, la maiſon eſt charmante, la ſituation ſuperbe, la chere délicate , mon appartement délicieux ; il ne lui manque que d'être à côté du vôtre ; car j'ai beau vous fuir, je vous aime ; & j'aurai beau revenir à vous, je vous aimerai toujours.

VOLTAIRE m'a beaucoup parlé de Papa, & comme j'aime qu'on en parle ; il a beaucoup recherché dans ſa mémoire l'abbé Porquet qu'il a connu autrefois, mais il n'a jamais pu le re trouver. Les petits bijoux font fujets à fe perdre.

Adieu, ma belle, ma bonne, ma chère Mère; aimez - moi toujours beaucoup plus que je ne mérite, ce fera encore beaucoup moins que je ne vous aime.

Voici un impromptu que j'ai fait dernière-ment. j'arrivois chez une belle Dame croté & mouillé; elle me propofa de me faire donner des fouliers de fon mari :

De votre mari, belle Iris,
Je n'accepte point la chauffure;
Si je lui donne une coeffure,
Je veux la lui donner gratis.

Lettre VII.

Du 24 Décembre.

J'ai été hier pour la première fois à Geneve. C'eft une grande & trifte ville, habitée par des gens qui ne manquent pas d'efprit, & encore moins d'argent, & qui ne fe fervent ni de l'un ni de l'autre. Ce qu'il y a de très-joli à Geneve, ce font les femmes : elles s'ennuyent comme des mortes, mais elles mériteroient bien de s'amufer.

Le peuple Suiffe & le peuple Français ref-femblent à deux jardiniers, dont l'un cultive des choux , & l'autre des fleurs. Remarqez encor avec moi , que moins on eſt libre , & mieux on aime les femmes. Les Suiſſes s'en ſervent moins que les Français , & les Turcs davantage.

> Vous, dont l'empire eſt la beauté ,
> Sexe charmant , je plains le Suiſſe qui vous brave.
> De quoi peut lui ſervir ſa triſte liberté ,
> Si le ciel vous deſtine à conſoler l'eſclave ?

En voilà aſſez ſur les femmes en général ; il eſt tems de revenir à ma Mère qui eſt femme auſſi , mais d'un ordre ſupérieur. Elle eſt aux femmes ce que les ſéraphins ſont aux anges , & les planetes aux capucins.

Nous nous ſommes amuſés hier , une Dame *Cramer*, qui a beaucoup d'eſprit , & moi , à faire des couplets. En voici un qu'elle avoit commencé ſur le Père Adam , jéſuite & aumônier de VOLTAIRE, & que j'ai fini.

> Il faudroit que Père Adam
> Voulût être mon amant.
> Oui , que la peſte me creve ,
> S'il me veut , je ſuis ſon Eve ,
> Et je ſerai dès demain
> La Mère du genre humain.

En voici un que je fis à la Dame , en même-tems que je travaillois à arranger le fien.

> Pendant que la chanfon s'acheve ;
> Payez-moi le prix qui m'eft du ;
> Et fi jamais vous êtes Eve ,
> Que je fois le fruit défendu.

Ecoutez-en une charmante que VOLTAIRE a fait pour moi à propos de Madame *Cramer*.

> Mars l'enlève au Séminaire ?
> Tendre Vénus , il te fert :
> Il écrit avec VOLTAIRE ;
> Il fait peindre avec Hubert ;
> Il fait tout ce qu'il veut faire ;
> Tous les arts font fous fa loi :
> De grace , dis-moi ma chère ;
> Ce qu'il fait faire avec toi.

Adieu , Madame , je vous aime comme il faut vous aimer quand on eft votre fils ; & même quand on ne l'eft pas.

LETTRE VIII.

JE vous envoye pour vos étrennes un petit deffein d'un VOLTAIRE , pendant qu'il perd une partie aux échecs. Cela n'a ni force ni correction , parce que je l'ai fait à la hâte , à la lumière , & au travers des grimaces qu'il fait toujours, quand on veut le peindre ; mais le caractère de la figure est saisi, & c'est l'essentiel. Il vaut mieux qu'un dessein soit bien commencé que bien fini, parce qu'on commence par l'ensemble, & qu'on finit par les détails.

Je continue à m'amuser beaucoup ici ; je suis toujours fort aimé, quoique j'y sois toujours. Vous ne sauriez vous figurer combien l'intérieur de cet homme-ci est aimable. Il seroit le meilleur vieillard du monde, s'il n'étoit point le premier des hommes ; il n'a que le défaut d'être fort renfermé, & sans cela il ne seroit point aussi répandu. Il est venu chez lui un Anglais qui ne peut pas se lasser de l'entendre parler anglais, & réciter tous les poëmes de *Driden*, comme Papa récite la *Jeanne*. Cet homme-là est trop grand pour être contenu dans les limites de son pays. C'est un présent que la nature a fait à toute la terre. Il a le don des langues & des in-folio ; car, on ne sait pas comment il a eu le tems d'apprendre les unes, & de lire les autres.

J'ai peint ici une jolie petite femme de Geneve, minaudière, avec un grand succès ; & comme on la croyoit fort difficile, tout le monde est à mes genoux pour des portraits. Mais, je suis fort las de ne pas vous voir au milieu de différens plaisirs que j'ai ici, pour céder aux inftances qu'on me fait. J'ai beau m'amufer, vous me manquez par-tout; il me femble prefque, que tous mes plaifirs ont befoin de vous.

Adieu, Madame la Marquife : il eft deux heures, je meurs de fommeil, & je crois même que je vous endorts par ma lettre.

Lettre IX.

Vous jouez un peu le perfonnage muet dans notre correfpondance ; je dirois à quelqu'autre qu'elle n'en eft pas moins aimable ; mais vous ne gagnez rien à vous faire prier. Vous avez une avarice d'efprit qui n'eft point pardonnable avec vos richeffes. Je vois qu'il faudra bientôt que je retourne à Luneville pour vous aider à m'écrire. Enfin, j'ai rompu le vœu que j'avois fait de ne point faire des vers chez Voltaire, il m'en a fait de fi jolis, que cela eft devenu pour moi une affaire reconnoiffance. Les dieux ont recompen-fé la pureté de mes intentions, & pour la pre-mière fois de ma vie, j'ai fait quelques vers de fuite, fans être mécontent de moi. Les voici.

Je fus dans mon printems guidé par la folie,
Dupe de mes defirs, le bourreau de mes fens,
Mais s'il en étoit encor tems,
Je voudrois bien changer de vie.

Soyez mon directeur, donnez-moi vos avis,
Convertissez-moi, je vous prie,
Vous en avez tant perverti.
Sur mes fautes je suis sincère,
Et j'aime presque autant les dire que les faire :
Je demande grace aux amours,
Vingt beautés à la fois trahies,
Et toutes assez bien servies,
En beaux momens, hélas ! ont changé mes beaux jours.
J'aimois alors toutes les femmes ;
Toujours brûlé de feux nouveaux,
Je prétendois d'Hercule égaler les travaux,
Et sans cesse auprès de ces Dames
Etre heureux rival de cent heureux rivaux.
Je regrette aujourd'hui mes petits madragaux :
Je regrette les airs que j'ai faits pour mes belles ;
Je regrette vingt bons chevaux,
Qu'en courant par mons & vaux,
J'ai comme moi, crevé pour elles ;
Et je regrette encor plus
Les utiles momens qu'en courant j'ai perdus.
Les neuf muses ne suivent guere
Ceux qui suivent l'amour dans le métier galant ;
Le corps est longtems vieux, l'esprit longtems enfant.
Mon esprit & mon corps chacun pour son affaire,
Viennent chez vous sans compliment,
L'esprit pour se former, le corps pour se refaire.
Je viens dans ce château voir mon oncle & mon père.
   Jadis les chevaliers errans
Sur terre après avoir longtems cherché fortune,
Alloient chercher dans la Lune
Un petit flacon de bon sens ;

Mais je vous en demande une bouteille entière :
Car, Dieu mit en dépôt chez vous
L'esprit dons il priva tous les sots de la terre,
Et toute la raison qui manque à tous les fous.

Souvenez-vous de moi, Madame, auprès de vous & auprès du roi ; dites-lui de ma part sur la nouvelle année :

De tout tems unanimément
Sire, on vous la souhaite bonne,
Et pour répondre au compliment,
Votre majesté nous la donne.

Et vous, ma chère Maman, comme vous valez mieux que tout ce qui m'amuse ici, pour briser tous mes liens, mandez-moi que vous êtes malade, & que vous avez besoin de moi ; ce sera une raison pour tout brusquer & pour revoler à vous. Mais, n'allez point vous y prendre grossièrement, parce que je serai obligé de montrer votre lettre.

RÉPONSE DE M. DE VOLTAIRE

AUX VERS DE M. DE BOUFFLERS.

Croyez, qu'un vieillard cacochime
Chargé de soixante & dix ans,
Doit mettre, s'il a quelque sens,
Son corps & son ame au régime.

Dieu

Dieu fit la douce illusion
Pour les heureux fous du bel âge ;
Pour les vieux fous l'ambition,
Et la retraite pour le sage.
Vous me direz qu'Anacréon,
Que Chaulieu même & saint Aulaire
Tiroient encore quelque chanson
De leur cervelle octogénaire ;
Mais, ses exemples sont trompeurs ;
Et quand les derniers jours d'automne
Laissent éclore quelques fleurs,
On ne leur voit point les couleurs,
Et l'éclat que le printems donne ;
Les bergers & les pasteurs
N'en forment point une couronne.
La parque de ses vilains doigts
Marquoit d'un sept suivi d'un trois
La tête froide & peu pensante
Du Fleuri qui donna des loix
A notre France languissante.
Il porta le sceptre des Rois,
Et le garda jusqu'à nonante.
Régner est un amusement
Pour un vieillard triste & pesant
De toute autre chose incapable ;
Mais, vieux poëte, vieil amant,
Vieux chanteur est insupportable.
C'est à vous, ô jeune Boufflers,
A vous, dont notre Suisse admire
Les craïons, la prose & les vers,
Et les petits contes pour rire,

D

C'eſt à vous à chanter Thèmire
Et de briller dans un feſtin,
Amitié du triple délire,
Des vers, de l'amour & du vin.

Impromptu de M. DE VOLTÁIRE, à Ma-
dame *de Chauvelin*, ſur les ſept péchés mortels
de M. *de Chauvelin.*

Les ſept péchés que mortels on appelle
Furent chantés par votre époux ;
Pour l'un des ſept nous partageons ſon zèle :
Il n'en eſt point qu'on ne commît pour vous.
C'eſt grand pitié que vos vertus défendent
Le plus chéri, le plus charmant de tous,
Lorſque vos yeux malgré vous le commandent.

F I N.

9 782329 354927